Llegendes Valencianes

*El dragó del Patriarca*



**llegir**en**valencià**
llegendes valencianes

# Llegendes Valencianes
## *El dragó del Patriarca*

Text
**Josep Franco**
Il·lustració de la coberta
**Francesc Santana**

**llegir**en**valencià**
llegendes valencianes

## El dragó del Patriarca

Diuen que, per l'any de la picor, quan les famílies encara es reunien, de nit o quan feia mal oratge, al voltant de la llar per a escoltar amb les boques obertes les històries que contaven els més vells o els que més gràcia tenien, hi havia un dragó enorme que havia fet el cau en un dels meandres del riu Túria que, per aquell temps, llepava les muralles de la ciutat de València en el seu camí cap a la mar.

No resultava gens estrany que aquell animal haguera triat la ribera del Túria per a establir-se i, potser, engendrar una família de monstres. Com sabem pels llibres antics que expliquen històries de tresors amagats, princeses segrestades i cavallers valents, els animals de sang freda amb el cos cobert d'escates viuen molt a gust entre el fang i les canyes, sempre a la vora d'un corrent d'aigua fresca, capaç d'aplacar la set que els crema les entranyes quan estan ben farts.

Les persones que havien vist el dragó, o que l'havien somiat, explicaven que el monstre era com una casa de gran. I, per confirmar-ho i deixar-ho ben clar, es posaven enmig d'una era o d'un descampat i feien nou passes llargues, que volien fer entendre l'amplària de l'animal, de muscle a muscle. Després, giraven a la dreta o a l'esquerra i feien més de trenta passes, llargues també, que volien significar com de llarg era el dragó, des del cap gran i dur com una roca, fins a la cua esmolada i poderosa, capaç d'assolar una barraca d'un sol colp.

Des que els comentaris, reals o inventats, sobre aquell dragó maligne havien començat a córrer per l'Horta de València i pels mercats, les tavernes i les barberies de la ciutat, la gent de la capital dormia com les llebres, amb un ull obert. Perquè, encara que els protegien les muralles, la guàrdia i la Mare de Déu dels Desemparats, tots temien que el monstre apareguera per sorpresa al seu costat, disposat a devorar-los o a matar-los de por.

I no era una por vana, sense fonament, perquè ja feia mesos que els llauradors de l'Horta de València, que regaven els seus horts amb l'aigua clara i fresca del riu Túria i de les seues séquies, denunciaven a les autoritats, ara i adés, que els havien cremat un camp de blat, que els havien assecat un pou o que la bacona més grossa de la cort havia desaparegut una nit, com si se l'haguera engolida la terra.

Els primers dies, els llauradors imaginaven que una partida de bandolers, dels molts que vagaven per les muntanyes de l'interior, per la Ribera del Xúquer o pels Serrans, havia baixat a la ciutat a fer bona cosa de mal. Però, a poc a poc, començaren a desaparéixer tarongers sencers, fanecades d'arròs a punt de segar, camps de blat en saó o melonars que feien goig de vore. Els galliners apareixien assolats un matí i les porqueres, buides.

Per culpa d'aquelles desgràcies que pareixia que no s'havien d'acabar mai, la por va fer niu als cors d'aquella gent senzilla i tots començaren a parlar d'un monstre que tirava foc per la boca, que era més gran que una casa i que igual devorava una dotzena de solcs amb unes cols que cantaven la glòria de Déu, com buidava, d'un sol glop, una bassa d'aigua neta.

Però quan el pànic es va escampar per València i pels pobles de l'Horta com una taca d'oli va ser quan el monstre, cansat de menjar verdures, gallines, ovelles, porcs, vaques i algun cavall, va començar a devorar persones: llauradors confiats que, amb l'aixada al coll, havien anat al camp i no havien tornat mai a casa; traginers que arribaven a València de bon matí, trobaven tancades les portes de la ciutat i ja no apareixien pel mercat; xiquets i xiquetes que, a migdia, havien eixit als camins per a portar als seus pares un fardell amb el dinar i una bóta de vi; dones que anaven a collir unes carxofes o a fer caragols perquè havia plogut...

N'eren tantes, les desgràcies que corrien de boca en boca per València i els pobles de l'Horta, que la ciutat sencera es va vestir de dol i ni els llauradors podien eixir al camp, ni els traginers s'atrevien a entrar a València amb els carros carregats de menjar, terrissa i les altres mercaderies necessàries per a la vida, ni els pastors gosaven traure els seus ramats a pasturar.

Amb els camps abandonats i el monstre vagant a la dula, sense ningú que li parara els peus, els estables començaren a quedar-se buits perquè els animals morien, fugien o els devorava el dragó; les séquies s'ompliren de llepó o s'eixugaren; s'ensorraren els trespols de moltes barraques i les alqueries blanques, abans plenes de vida, llanguien de solitud i de pena perquè les famílies dels llauradors s'havien refugiat dins la ciutat.

Als pobles de l'Horta de València, que no tenien la protecció de les muralles, la situació era encara pitjor i les campanes de totes les parròquies tocaven a morts un dia sí i l'altre, també. Els xiquets ni tan sols anaven a escola, sinó que es quedaven tancats a casa, tremolant de por. Les dones ja no cantaven mentre rentaven la roba als llavadors, ni feien barret en les parades de la plaça, sinó que resaven el rosari amb la veu tremolosa i s'encomanaven als seus sants de més devoció. I els homes, incapaços de fer front a un monstre invencible, es lamentaven amb els punys tancats, mentre les parres s'enfonsaven pel pes de les fulles i del raïm podrit, les figueres s'esgarraven perquè no les esporgava ningú, les collites es perdien o se les menjava el dragó i, en definitiva, la fam, la misèria i les malalties campaven per l'Horta de

València, abans tan rica, tan alegre i tan plena de vida i, ara, tan pobra, tan trista i tan assolada per la maledicció d'aquell monstre implacable.

La situació era tan greu i tan desastrosa que, finalment, com és natural, els planys, les queixes i els laments del poble alertaren les principals autoritats de la ciutat. I, un divendres de matí, es van reunir a la casa de la vila els regidors, els consellers i els jurats de València.

Després d'haver escoltat durant més de tres hores les queixes dels veïns, les protestes dels llauradors, les explicacions dels nobles i les pregàries dels capellans, el regidor de València va fer ús de la paraula per anunciar:

–Cavallers, València sencera és un plor i una gran calamitat ens amenaça, si no som capaços d'acabar amb la vida del dragó que assola els nostres camps, asseca els nostres pous, buida els nostres estables i devora cristians... No eixirem d'ací –va afegir, blanc com un paper, perquè no s'havia vist mai en una situació tan compromesa– fins que no trobem, entre tots, una solució a les nostres desgràcies.

En sentir la declaració del regidor de la ciutat, que tenia fama de prudent, tots els presents es posaren a parlar alhora, acalorats i amb ganes de trobar una solució al conflicte, perquè la fam i la misèria amenaçaven València i els pobles de l'Horta i perquè, entre unes coses i les altres, anava fent-se l'hora de dinar. Fins que un dels jurats més vells de la ciutat, un honrat comerciant que recordava encara els anys de les guerres contra els moros, de la pesta i de la fam, va demanar la paraula per a fer una proposta que no va agradar a tots.

–Cavallers –va dir, dret davant l'assemblea i amb la veu trencada per l'emoció i gastada pels anys–: no hi ha un altre remei que oferir una bona recompensa, que haurem de sufragar entre tots, a qui siga capaç d'acabar amb la vida del dragó.

Els nobles de la ciutat, que eren tots homes de pes, no ho veien tan clar com aquell ancià venerable i esplèndid, sobretot perquè no els agradava gens ni miqueta rascar-se la butxaca. Però, per no quedar malament, deien que tot allò del dragó només era una història inventada pels llauradors de l'horta, que s'aferraven com a una paret llisa a qualsevol excusa per a no treballar i no servir fidelment els seus senyors, com havien fet tota la vida els seus avantpassats i com havien de fer els seus fills i els seus néts, per llei natural.

Després, un canonge gros i amb la cara roja com un titot, que era el representant del braç eclesiàstic, va declarar que, per culpa del dragó, els caixonets de les almoines estaven buits, perquè la gent no gosava eixir de casa ni per a oir missa. I com els camps estaven abandonats, els llauradors no podien pagar els arrendaments de les terres, de manera que les parròquies i els convents de València no tenien un cèntim.

–Però eixirem al carrer i farem rogatives –va prometre el canonge–, traurem en processó totes les imatges de sant Jordi, que faran tremolar de por la bèstia, i ordenarem a totes les mongetes dels convents valencians que resen el rosari amb la intenció d'acabar amb el monstre.

A continuació, el representant del braç treballador, fart de sentir despropòsits, va denunciar que el problema era que ni els nobles ni els religiosos volien pagar un cèntim per acabar amb aquella calamitat que amenaçava el futur de la ciutat i, per demostrar que deia la veritat, va fer comparéixer més de vint testimonis. Hi havia homes de bé, d'una edat ja avançada, que juraren haver vist el dragó amb els seus ulls; mares vestides de negre que es presentaren davant dels consellers amb la roba dels seus fills, bruta de sang; i una velleta sense dents va mostrar unes calces del seu marit, que era traginer, amb el floc que s'havia fet el dia que es va trobar el drac devorant la seua burreta.

Per fi, quan ja eren quasi les tres de la vesprada i els budells dels uns i dels altres grunyien com si fera un mes que no havien menjat, el regidor de la ciutat tornà a fer ús de la paraula, demanà una miqueta de trellat als presents i, amb molta solemnitat, va anunciar:

–Cavallers, ja està decidit: en acabant de dinar, convocaré tots els pregoners de la ciutat i de les viles veïnes i els manaré que, acompanyats de dolçaines i tabals, proclamen als quatre vents que la Generalitat de València i el consistori del cap i casal recompensaran amb cent escuts i la medalla d'or de la ciutat el soldat, clergue o paisà, noble o plebeu, honrat o lladre, que mate el dragó i porte el cap del monstre a la plaça de l'Almoina.

Després, el regidor municipal va donar per acabada la sessió i tots els presents tornaren a les seues cases amb l'ai al cor, mirant el cel, no per pregar o per mirar com estava l'oratge, sinó per si el monstre es deixava vore per damunt dels seus caps. Els uns estaven malhumorats perquè els tocaria pagar una part d'aquella recompensa que consideraven massa generosa; els altres feien cara d'esperançats perquè confiaven que algun cavaller famós i hàbil amb l'espasa acudiria a València, atret per la recompensa i per la fama i la glòria que li donaria aquella gesta digna dels herois antics, i els deslliuraria per sempre d'aquella amenaça.

Els optimistes que creien que, tant la recompensa com la glòria atraurien cavallers a la ciutat, no anaven gens errats perquè, pocs dies després que els pregoners escamparen als quatre vents la notícia, sense oblidar ni la medalla d'or ni la generosa recompensa, València es va omplir de visitants.

Però no hi havia, només, cavallers ansiosos d'enfrontar-se al dragó, perquè és ben sabut que, allà on hi ha promeses de recompenses, glòries i medalles, hi acudeixen com mosques els vividors, la gent de got i ganivet, els estafadors, els tramposos, els rodamons, els músics de carrer i els espavilats que s'aprofiten dels tumults per viure de baldraga una bona temporada.

De la nit al matí, els carrers de València es convertiren en un formiguer de gent que anava i venia, de venedors ambulants que oferien al públic carabasses torrades dolces com la mel, orxata fresca a molt bon preu, cacau i tramussos o bunyols de carabassa. A les places de la ciutat, es reunien els músics ambulants que cantaven les gestes dels cavallers antics i, en cada cantó, hi havia un il·luminat o un fals profeta que anunciava la fi del món. Ací, una família de gitanos feia ballar l'ós, allà, un malabarista jugava amb foc i, més enllà, un home que es feia passar pel príncep d'Abissínia, mostrava, dins d'una gàbia amb els barrots de ferro, un animal gran que deia que era un unicorn...

València sencera semblava haver oblidat l'amenaça del dragó i s'havia vestit de festa com en els millors dies de fira. Els xiquets continuaven sense anar a escola, però ja no els feia por eixir al carrer i els curiosos no sabien on mirar.

I, per damunt dels caps de tota aquella aglomeració humana, destacaven els cavallers que, muntats dalt dels seus cavalls alts i forts, armats fins les dents amb espases, punyals, llances i ballestes, i protegits amb armadures de ferro i plom, es dirigien a la casa de la vila per apuntar-se a la llarga llista d'aspirants a la glòria i a la recompensa de cent escuts.

Cada matí, a penes el sol guaitava per la part del Grau, un cavaller valent, orgullós i ben armat eixia a buscar la bèstia i l'honor per la porta de Quart i es dirigia, al trotet, cap a la ribera del Túria, disposat a acabar amb la vida del dragó i amb la tragèdia que assolava València des de feia tants mesos.

Per desgràcia, la majoria d'aquells cavallers tornava a creuar la porta de Quart a les poques hores, a peu i sense armes, amb l'armadura desfeta, el cavall malferit i l'honor fet una llàstima. Perquè, així que els veia acostar-se al seu cau, el dragó els atacava sense pietat i els derrotava amb un colp de la cua esmolada o els socarrimava amb el seu alé de foc.

I els cavallers derrotats que podien contar-ho encara tenien sort, perquè els més valents, o els més inconscients, que s'havien entossudit a matar el dragó, a pesar de tot, només el posaven més furiós i morien entre les urpes del monstre, que se'ls emportava al seu cau, amagat entre les canyes en algun lloc de la ribera del Túria, on se'ls menjava sense pietat i, després, escopia les armadures, com si foren closques de caragol.

Un a un, el dragó va devorar o va fer malbé una trentena d'aspirants a la glòria, fins que, a poc a poc, se n'anaren de València, sense mirar arrere, els cavallers ferits, les famílies dels difunts, els músics de carrer, els gitanos amb l'ós que ballava, el fals príncep d'Abissínia amb el seu unicorn, els rodamons, els tramposos i uns quants nobles que tenien cases i possessions ben lluny de la ciutat i ja s'havien cansat de viure amb l'ai al cor.

El cas és que, poques setmanes després de la crida que havien fet els pregoners, amb dolçaines, tabals i més promeses que fets, València pareixia una ciutat de fantasmes, plena de cares llargues, pàl·lides i ulleroses. Sense xiquets jugant pels carrers; sense dones que anaven a la plaça i es paraven a fer barret amb les veïnes; sense les veus alegres dels venedors que oferien melons, peix fresc o moniatos torrats als parroquians; sense el repic de les ferramentes als tallers... Sense ganes de viure, per dir-ho en poques paraules, perquè el temps passava i no hi havia forma de matar aquell animal o de fer-lo fugir.

Les coses estaven tan agres que el consell de la ciutat es tornà a reunir per a tractar l'assumpte del dragó, les recompenses i la tragèdia que amenaçava a deixar València deserta. Però, entre nobles que havien fugit a les seues possessions, cavallers mig baldats que no podien eixir de casa, covards que s'amagaven i llauradors morts de fam perquè el menjar escassejava cada dia més, el regidor de València només va poder reunir quatre gats que no es llevaven la pasta dels dits i no sabien per on tirar.

Però resulta que, en una masmorra de les més fosques i humides de les torres dels Serrans hi havia un home pres, acusat de tres crims que pesaven com lloses sobre la seua consciència, i de Déu sap quantes atrocitats més. Aquell pres era un malvat que tenia l'ànima més negra que el carbó, però era espavilat com les raboses perquè havia passat més fam que el gos de l'esmolador i ja se sap que la fam és la millor mestra. I, un bon dia, aquell criminal confés va saber, per boca del carceller que el vigilava i li portava cada dia un rosegó de pa i un pitxer d'aigua, tota la història del dragó, la recompensa i els fracassos dels cavallers més ardits de València i els pobles de la rodalia.

El pres, que només esperava l'hora de la mort, però que encara volia viure molts anys, va creure que la sort li somreia. Veia més clar que l'aigua que no tenia res a perdre i molt a guanyar perquè, si s'enfrontava al dragó i l'animal el matava i el devorava, com ja havia fet amb cavallers més forts, més hàbils i més virtuosos que ell, només avançaria l'hora de presentar-se davant la cadira de sant Pere, que l'enviaria directe a l'infern. Però si, arriscant-se i cavillant, era capaç de matar el monstre, no sols retardaria l'hora de morir, sinó que tindria en les mans la possibilitat d'aconseguir el perdó, la glòria i la fortuna.

El malvat criminal va passar la nit en blanc, buscant una manera de salvar la pell i d'acabar amb el dragó i amb la ruïna que amenaçava la ciutat de València. I l'endemà, quan el carceller entrà a la masmorra amb el pitxer d'aigua i el rosegó de pa, el presoner li va dir, molt confiat en la seua astúcia:

–Et vull demanar un favor que ens pot eixir molt bé als dos, si la sort ens acompanya...

El carceller, que era un home amb molts anys a les costelles, fet a tot i amb poques manies, va escoltar amb paciència i cara de circumstàncies la proposta d'aquell malvat; però quan va saber que tenia la pretensió de parlar amb els consellers de la ciutat, amb la intenció de demanar-los llicència per a enfrontar-se a la bèstia, abans d'enfrontar-se amb el botxí, li va respondre, amb tota la serenitat del món:

–Mira, fill meu, això que em demanes no podrà ser, perquè la justícia t'ha condemnat a mort i jo posaria la mà al foc que els homes principals de València no et concediran l'audiència, encara que els jures per la teua vida, que no val un ardit, que mataràs el dragó... Si els valencians saberen –va afegir encara, amb molt de trellat– que els consellers negocien amb un condemnat a mort, els perdrien el poc de respecte que els tenen i Déu sap què podria passar.

Però el pres, que només volia salvar la vida, tornà a insistir l'endemà, i un altre dia, i un altre, amb aquella veu meloseta que, anys arrere, li havia fet molt de paper a l'hora d'engatussar víctimes innocents:

–Mira que els dos en podem traure profit –li deia, mirant-lo de fit a fit amb aquells ullets fondos i esmolats que li havia dibuixat la mala vida–: jo puc salvar la pell, però tu sempre seràs el millor amic de l'heroi que va matar el dragó, l'home bo que va confiar en mi i m'acompanyà a parlar amb els consellers...

–Si no han pogut derrotar el monstre homes ben armats, més valents i més bragats que tu –dubtava, amb raó, el carceller–, ¿com l'has de matar tu, que fa més de tres anys que només passes amb pa i aigua i estàs en la pell i l'os?

–Nostra Senyora dels Desemparats, que no abandona mai els seus fills, encara que siguen més roïns que la tinya, m'ajudarà –li va contestar un dia el descarat del presoner que, com més cavil·lava, més clar veia que el cel no li enviaria una oportunitat millor per a evitar la mort en la forca o en algun lloc pitjor.

Aquell dia, el carceller, que era un tros de pa, el va vore tan decidit i amb tanta fe que, finalment, va acceptar l'encàrrec. L'home va remoure cel i terra fins que, gràcies a un cunyat que treballava als estables d'un conseller, va poder parlar amb el regidor de València en persona. Li va dir que un condemnat a mort que es podria sense esperança a les masmorres de les torres dels Serrans volia oferir-se a la ciutat per a matar el monstre que no els deixava viure, si les autoritats acceptaven fer un tracte que ell els proposaria.

El regidor va dir que no es fiava un pèl d'aquell malfactor, perquè estava al corrent de les seues maldats i de la seua astúcia de rabosa. Però com el carceller li inspirava confiança, li va confessar que la situació de València era ja desesperada i que ell, per salvar-la, estava disposat a fer tractes amb el mateix dimoni, si calia.

–Fes-lo vindre demà, en secret, a l'hora de sopar –va accedir el regidor, convençut que les coses ja no podien anar pitjor, ni per a ell, ni per a la ciutat–. Soparem els tres junts, si tu em fas l'honor d'acompanyar-me, i li demanarem que ens explique quines són les seues condicions.

Dit i fet, el carceller tornà a les torres dels Serrans amb un somriure d'orella a orella, baixà a la masmorra on es pansia el condemnat a mort i li va anunciar:

–Demà soparem al Palau de la Generalitat. Et duré roba neta i demanaré que t'abaixen dos poals d'aigua, que no et pots presentar tan ronyós davant del senyor regidor de la ciutat.

Aquella nit, el pres no va dormir gens i no va ser perquè continuara cavil·lant sobre la manera com podria matar el dragó i salvar la pell, sinó perquè els remordiments no el deixaven viure. I de sobte, cap a la mitjanit, va vore com, en un racó de la masmorra, s'encenia una resplendor que va anar creixent fins que el va deixar cec.

Però quan, a poc a poc, li va tornar la vista als ulls, el malvat va descobrir que aquella llum celestial, tan forta com el sol de migdia, provenia del cos d'una senyora que el mirava amb tendresa de mare i li somreia amb la cara més dolça que havia vist mai. Encara que el pres no s'ho podia creure, estava més clar que l'aigua que aquella senyora era la Mare de Déu dels Desemparats, que el va assenyalar amb el seu dit sant i li va dir, amb una veu més dolça que l'arrop:

–He vingut a ajudar-te perquè, com tu mateix has dit més d'una volta, jo no abandone mai els meus fills, encara que siguen de la pell de Banyeta...

Després de pronunciar aquelles paraules, la Mare de Déu esperà la resposta del presoner, però ell només va poder caure de genolls a terra, amb els braços oberts, perquè les paraules no li passaven de la gola. Per això, la senyora, comprensiva, va continuar parlant.

–T'ajudaré a matar el dragó –li va anunciar–, per tu i per amor a la meua València... Però m'has de prometre que canviaràs de vida i que, ara que m'has vist amb els teus ulls, m'honoraràs mentre visques i no tornaràs a ser un mal fill.

Quan el pres va recuperar l'alé, humiliat, mirant a terra i rendit als peus de la Mare de Déu dels Desemparats, li va fer una promesa solemne:

–Si Vós m'ajudeu, mai no tornaré a fer mal i, en matar el dragó, em retiraré al monestir del Puig per a purgar les meues culpes, que en són moltes, i lloar la vostra persona fins que m'arribe l'última hora.

La Mare de Déu, per a qui les consciències dels pecadors no tenen secrets, va saber en l'acte que les paraules del presoner eren tan sinceres com el seu penediment i es va alegrar perquè, gràcies a la seua intercessió, una ovella perduda tornava al ramat. Després, sempre amb un somriure als llavis, s'acostà al pres, que continuava de genolls, humiliat i mirant a terra, i li va manar que s'incorporara perquè li havia d'explicar de quina manera podria matar aquell drac que estava assolant la seua València.

El presoner va escoltar, amb l'ànima arrupida, les instruccions de la Mare de

Déu i, com era tan espavilat, les va comprendre a la primera. Finalment, quan la patrona de València se'n va anar i la masmorra es tornà a quedar fosca com la gola d'un llop, ell encara va passar tota la nit resant, de genolls, agraït i esperançat perquè estava segur que, si feia les coses com calia, mataria el dragó, i no veia l'hora de retirar-se al monestir del Puig per a purgar les seues culpes i fer-se un lloquet al cel.

L'endemà, quan el dia fosquejava, el carceller va baixar a la masmorra, sense el rosegó de pa i el pitxer d'aigua de totes les nits. Va deslliurar el presoner de les cadenes, el va ajudar a canviar-se de roba i, encara que ja començava a fer caloreta, li va deixar una capa gran, per a cobrir-se i passar desapercebut. Després, els dos homes abandonaren les torres dels Serrans amb tota la discreció del món i se'n van anar, pels carrers més foscos i solitaris de València, a sopar amb el regidor de la ciutat, que els va rebre a la porta dels estables i, per un passadís secret, els va acompanyar a una saleta on hi havia una taula parada.

Els tres homes soparen frugalment, perquè la situació de València no permetia luxes ni excessos: una miqueta de moixama que el regidor guardava com un tresor per a les grans ocasions, i mitja gallina amb tomaca, tot sucat amb bona cosa de pa de la vespra. Mentre menjaven, a penes van comentar quatre novetats i alguns rumors que corrien per la ciutat i, en acabant de sopar, el senyor regidor va demanar al condemnat a mort que exposara les condicions del tracte que volia proposar-li.

–No vull ni diners, ni honors, ni medalles, senyor regidor –va declarar el criminal confés.

Aquelles paraules, que els van paréixer sinceres, van sorprendre el regidor i el carceller, que esperaven Déu sap quines exigències; i com els dos es van quedar mirant-lo amb les boques obertes, l'altre va continuar:

–Només demane que em perdonen la vida i em donen la llibertat perquè, si mate el dragó, em vull retirar al monestir del Puig per a purgar els meus pecats i fer vida de frare fins que m'arribe l'hora de la mort.

El regidor i el carceller es miraren de reüll, desconfiats, perquè resultava difícil creure que el condemnat deia la veritat. Però com els dos eren homes drets i fets, sabien per experiència que els giravolts de la vida, a voltes, canvien el caràcter de les persones. I si les poden fer més malvades, també les poden tornar més bones. Aquell home havia passat moltes hores tancat a les masmorres de les torres dels Serrans i, per tant, havia tingut temps de sobres per a meditar i vore que la vida que feia abans que el condemnaren el portava de cap a l'infern. De manera que el carceller va assentir amb el cap i el regidor va dir que, per ell, el tracte estava fet, però que ho havia de consultar amb els consellers i els justícies de la ciutat.

L'endemà mateix, davant l'assemblea dels pocs representants de la ciutat que encara estaven sans i podien eixir de casa, el condemnat a mort, que s'havia convertit en l'última esperança de València i els pobles de l'Horta, va parlar amb el cor en la mà i amb molt de coneixement.

–Cavallers –va declarar, amb la veu ronca d'emoció–, ja saben vostés que no demane diners ni honors. Només vull que em porten tots els trossos d'espills trencats que hi haja a València, una espasa del millor acer, ben esmolada, i un punyal; un cavall fort i valent, que no s'espante en vore el dragó, i uns quants llençols vells... Si, amb tot això, una miqueta de sort i l'ajuda de la Mare de Déu, el puc matar, em retiraré al monestir del Puig i dedicaré la vida que em queda a l'oració i a purgar els meus pecats. Però si l'animal em mata, a pesar de tot, només m'agradaria que em donaren terra en un lloc sagrat, com a tot bon cristià, encara que no m'ho he guanyat.

Amb aquelles paraules tan boniques, que pareixien encara més belles perquè eren sinceres, el condemnat a mort va convéncer fàcilment els presents, que acceptaren el tracte per unanimitat, commoguts pel valor i la fe d'aquell home i molt satisfets perquè no haurien de traure un gallet de la butxaca. I, per desig exprés del criminal penedit, que es veu que tenia les coses més clares que l'aigua, acordaren, també, que els espills, el cavall, l'armadura i les armes estarien a punt per al quinze d'agost, just el mateix dia que va morir la Mare de Déu i va pujar al cel en cos i ànima.

Deien els vells que encara recordaven la gesta fa quatre dies, que era cosa de vore la multitud que, per ser dia de festa grossa, s'havia congregat a les muralles de València aquell quinze d'agost, i això que els preparatius per a la batalla desigual entre l'heroi i el monstre començaren de bon matí.

A penes va eixir el sol, el presoner va reunir a la placeta de Santa Úrsula tots els trossos d'espills trencats que els valencians havien trobat a les seues cases, regirant-ho tot per les cambres, les pallisses i els armaris.

I amb l'ajuda d'un parell de mestres fusters va preparar uns quants poals de cola de la més forta. Amb la cola, uns pinzells i els trossos d'espills trencats, els fusters cobriren de cap a peus l'armadura del valent, que era lleugera. Després, uns albarders protegiren el cos del cavall amb gualdrapes i un plastró ben gros, i també el revestiren des del cap fins a les potes amb trossets d'espill, de manera que, al cap d'un parell d'hores o tres, cavall i cavaller lluïen a la llum del sol com les estrelles del cel una nit sense lluna.

Després, el cavaller, ben armat amb l'espasa esmolada i el punyal, va muntar dalt del cavall i va manar als mossos que l'ajudaven que els cobriren del tot amb els llençols vells que havia demanat.

Quan cavall i cavaller estaven preparats per a la batalla, ben recoberts d'espills refulgents i tapats amb els llençols, des del casc del genet fins a les potes de la bèstia, el valent s'encomanà a la Mare de Déu dels Desemparats. I, abans d'ordenar que obriren les portes massisses de les torres de Quart, encara va demanar que, des de les seues cases, des de les places i els carrers i des de les muralles, tots els homes, dones i xiquets de València feren bona cosa de soroll per a atraure l'atenció del dragó i fer-lo eixir del cau fosc on s'amagava la major part del dia.

I Déu sap que en feren, de soroll, els valencians: amb cassoles i cullerots de fusta, amb les campanes de totes les parròquies, amb tambors i timbals, amb poals i ferros i, fins i tot, amb masclets, piuletes i tronadors, que, d'això, mai en faltava a les cases de València. Aquell quinze d'agost, els valencians armaren tal rebombori que, quan encara no havia tocat l'àngelus, el dragó va eixir del seu cau, amagat entre les canyes a la vora del Túria, endormiscat, furiós i amb fam de tres dies.

El públic que assistia a l'espectacle des de les muralles es va espantar en vore aparéixer el monstre, amb tot el cos cobert de fang ressec, amb la boca bruta de sang i amb aquells ullets fondos i rojos com brases que escampaven espurnes al pas de l'animal. El dragó, molest per la claror del sol de migdia, que cremava allà dalt, enmig del cel valencià, no sabia on mirar i va bramar amb tanta força que les muralles de València tremolaren. Però ni el cavall ni el cavaller, coberts encara amb els llençols, retrocediren.

El sol d'agost queia a plom sobre València i el dragó, mig encegat per la resplendor i molt marejat pel rebombori que havien fet els valencians per a obligar-lo a eixir del cau, dubtava, mirava a un costat i a l'altre, sense saber per on tirar, i bavejava en notar, d'alguna manera, la proximitat de les seues víctimes. El monstre, inquiet, movia la cua com una dalla gegant que ho segava tot al seu pas, tirava espurnes pels ulls, ferits pel sol, i bromera per la boca, àvida de mastegar carn humana. Però, guiat pel seu olfacte, fi i penetrant, s'acostava cada volta més al cavall i al cavaller que, immòbils com estàtues, esperaven l'envestida de l'animal.

Mentrestant, apinyats a les muralles que donaven al camí dels Serrans, els valencians que contemplaven aquella lluita desigual no gosaven ni respirar i no comprenien per què el cavaller encara no havia atacat el dragó, ara que es trobava perdut i desesperat.

Però, dins l'armadura recoberta d'espills, ben aferrat a les regnes del cavall amb la mà esquerra i empunyant amb força l'espasa esmolada, amb la mà dreta, el condemnat a mort no oblidava els consells que la Mare de Déu dels Desemparats li havia donat la nit que se li va aparéixer dins la masmorra i estava ben decidit a seguir fil per randa les recomanacions de la seua protectora.

L'animal, a pesar del desconcert provocat pel soroll i la claror enlluernadora del sol de migdia, avançava lentament cap a la presa, guiat per l'olor del cavall, que suava una cosa de no dir per culpa de les mantes, les gualdrapes i els plastrons que el cobrien. Però el cavaller, mentrestant, es mantenia ferm al seu lloc, preparat per a atacar el monstre només quan estiguera ben cert que el podia matar.

En això, quan els espectadors que assistien al combat des de la seguretat de les muralles, ja es pensaven que cavall i cavaller moririen, com tots els anteriors, destrossats per les urpes poderoses del dragó, que ja els tenia a dos pams del nas, el condemnat a mort va deixar caure els llençols que el cobrien i el monstre va retrocedir, encegat del tot per la resplendor que multiplicaven per mil els trossos d'espill.

El dragó bramava, furiós, i envestia a cegues perquè no s'hi veia gens. Les urpes mortíferes de l'animal, amb unes ungles com espases, esgarraven l'aire tebi del migdia, la cua colpejava amb violència els dos costats del monstre i, alguns anys després, més de quatre testimonis dels fets recordaven encara que, per culpa dels brams infernals del dragó, mitja dotzena de curiosos que contemplaven l'escena des de les muralles de València es quedaren per sempre amb els cabells blancs com la neu.

Per fi, quan el genet, invisible per al dragó, es va cansar de jugar amb aquella bèstia furiosa, que ja no podia ni alenar, ni bramar, ni moure la cua, de tan cansat com estava, el cavall va eixir volant com una fletxa i, amb una galopada veloç i frenètica, arribà a la panxa de l'animal, que no el podia vore. El cavaller va alçar l'espasa refulgent i esmolada per damunt del seu cap i la va clavar, amb totes les seues forces, en les entranyes del dragó, que va bramar amb tanta força i tanta desesperació que la seua queixa va trencar algunes de les copes més fines que hi havia als palaus de la ciutat.

Ben dirigit pel genet, el cavall girà gropa en l'acte per tornar a posar-se contra el sol, de manera que la forta resplendor, reflectida pels milers de trossets d'espill, continuara encegant els ulls de l'animal malferit. Des d'una distància prudencial, l'heroi va observar la reacció del dragó, que es lamentava amb brams esgarrifosos i intentava llepar-se la profunda ferida de la panxa, per on li brollava un riu de sang, calenta i verinosa, que no tardà a omplir el sequiol que recorria la ronda i diuen que va arribar al carrer de la Mar.

El cavaller, en vore que el dragó ferit de mort encara es preparava per a l'última envestida, tornà a alçar l'espasa esmolada per damunt del cap i va esperonar el cavall, que avançà com una fletxa de llum, sense que la bèstia fóra capaç d'endevinar per on li vindria l'atac.

Aquell colp va ser el definitiu perquè l'espasa xiulà en l'aire i tallà en redó el coll del dragó. El cap de l'animal, gran com un paller, va redolar amb estrèpit i es parà davant les potes del cavall, que bufava i renillava, cansat però satisfet, com si sabera que tot s'havia acabat.

Els nervis i la por de la gent que esperava el desenllaç del combat a recer de les muralles es convertiren en clams d'alegria i joia quan el cavaller desmuntà, es va llevar el casc de l'armadura, recobert d'espillets lluents, i amb el punyal en la mà, per si de cas, va avançar a poc a poc, triomfal, en direcció al lloc on reposava el cap del monstre, que s'havia quedat immòbil i amb la boca oberta enmig del camp de batalla.

Mentre homes, dones i xiquets abandonaven la protecció de les muralles i corrien, contents, cap a l'escenari de la lluita, per a vore el dragó de prop i abraçar el cavaller que els havia deslliurat d'aquell dimoni, gràcies al consells i a la protecció de la Mare de Déu, les campanes del Miquelet, de Santa Caterina, de Sant Vicent, de Sant Nicolau i de totes les parròquies de la ciutat començaren a voltejar per a donar gràcies a Déu i, a l'hora de dinar, València sencera era una festa.

En acabant de dinar, el regidor de València, en representació dels justícies, consellers i notables de la ciutat, reunits al Palau de la Generalitat, va fer honor a la paraula donada i declarà solemnement que el pres condemnat a mort era, des d'aquell moment, un home franc, que podia disposar lliurement de la seua vida i dels seus béns, si és que en tenia.

Ell els va donar les gràcies i, com havia promés, l'endemà mateix es va retirar al monestir de Santa Maria del Puig. Allí, com encara recorden les cròniques i els pergamins antics, va viure molts anys, en olor de santedat, purgant els seus pecats, treballant de sol a sol com els altres frares, resant i cantant la glòria de la Mare de Déu dels Desemparats, que l'havia ajudat a trobar el camí de la salvació eterna i a deslliurar

València d'aquell dragó sanguinari que tot ho destruïa.

I, en passar els primers dies d'alegries i celebracions, que es perden en la memòria de la nostra capital, els xiquets i les xiquetes tornaren a anar a escola i a jugar pels carrers, els camps, les alqueries i les barraques de l'horta. Els llauradors de pell bruna tornaren a llaurar la terra generosa i a regar-la amb la seua suor i amb l'aigua neta del riu Túria. Les dones tornaren a collir flors, a fer barret amb les veïnes i a comprar a la plaça. Els artesans tornaren a alegrar amb els seus cants i amb el repic de les ferramentes els tallers de tots els barris. Els pastors tornaren a pasturar els seus ramats sense por ni angoixa i els traginers tornaren a recórrer els camins de l'horta amb els seus carros plens.

València, després de la mort del dragó, tornà a ser la ciutat lleial, bella i alegre que recorden les cròniques des de temps immemorials i els valencians i les valencianes tornaren a ser tan feliços com ho podem ser els mortals.

Així va acabar l'amenaça d'aquell dragó monstruós que va estar ben a punt d'arruïnar València i la seua horta. Un dragó que la ciutat conserva, des d'aquell temps remot, a l'església del Patriarca, molt a prop de la Universitat, per a recordar a les generacions per vindre com un valencià valent va ser capaç d'acabar amb aquella criatura de l'infern, gràcies a la intervenció de la

Mare de Déu dels Desemparats, que no abandona mai els seus fills encara que ells, de tant en tant, l'obliden.

## L'origen **de la llegenda**

Sant Joan de Ribera (1523-1611) va ser arquebisbe i virrei de València, des de 1569 a 1611. A més de ser un dels principals impulsors de l'expulsió dels moriscos, l'any 1609, va fundar el Reial Col·legi del Corpus Christi, més conegut amb el nom de Col·legi del Patriarca, perquè aquest clergue i polític també va ostentar el títol de patriarca d'Antioquia. Al començament del segle XVII, Joan de Ribera va convertir la devesa del Castell de Burjassot en un jardí botànic on hi havia, i n'hi ha encara, alguns exemplars interessants. A més dels arbres, en algun moment de la història hi devia haver animals i, un d'ells, degué ser un cocodril o caiman que va despertar la imaginació popular i, probablement, va originar la llegenda del dragó del Patriarca. Actualment, la devesa és el jardí del Col·legi Major Universitari Sant Joan de Ribera, a Burjassot; i, a l'església del Patriarca, enfront de l'edifici històric de la Universitat de València, es conserva un caiman dissecat que, segons la tradició, devia ser el drac que assolà València per aquell temps.

## Per a **llegir més**

*Llegendes de la ciutat de València*
Víctor Labrado
Publicacions de l'Abadia de Montserrat
Col. «Contes i llegendes», Barcelona, 2009

El llibre proposa un itinerari pels carrers de la ciutat vella en què l'autor aprofita la contemplació d'un edifici il·lustre o el passeig per carrerons amables o desolats per contar-nos algunes de les llegendes més conegudes de València: les quatre ditades, el miracle del mocadoret, etc. Un llibre imprescindible i fàcil de llegir.

*El drac*
Manel Cubedo
Edicions Bromera
Col. «Micalet Teatre», Alzira, 1995

Quan l'Albufera era encara un immens llac hi aparegué un drac que tenia atemorida la població. La terrible bèstia s'ho passava bé menjant gent i Salomó era l'únic capaç d'enfrontar-se al drac, però es trobava injustament empresonat... Una bona i divertida versió teatral d'una de les llegendes més populars de València.

# Glossari

A LA DULA: sense control ni vigilància.

ALBARDER: persona que fa albardes, una mena de coixí que es posa al llom d'un animal de càrrega.

ÀNGELUS: oració que es resa quan ix el sol, a migdia i a poqueta nit.

ARDIT: atrevit, valent.

ARROP: pasta espessa i dolça que s'obté en bullir el most del raïm.

BACONA: truja, femella del porc.

CARCELLER: persona que vigila els presidiaris.

DALLA: eina que serveix per a segar, amb un mànec llarg i una fulla de ferro més llarga i menys corbada que la corbella.

DE FIT A FIT: mirar molt fixament.

ESCATA: placa menuda que, al costat d'altres iguals, forma la pell de determinats animals.

ESCUT: moneda de curs legal, d'or o d'argent, que es va usar entre els segles XV i XIX.

ESMOLADOR: persona que agusa el tall dels ganivets perquè tallen més.

ESPORGAR: podar.

FARDELL: paquet que es fa amb un mocador o un drap per a dur coses.

FER BARRET: xarrar.

FIL PER RANDA: amb bona cosa de detalls.

GRAN COM UN PALLER: ser gran i redó, com ho és un paller, és a dir, un munt de palla disposat en cercle al voltant d'un pal.

GROPA: part posterior de l'esquena d'un cavall.

GUALDRAPA: manta llarga que adorna i protegeix la gropa d'un cavall.

JUSTÍCIA: jutge municipal en la legislació foral.

L'ANY DE LA PICOR: fa molt de temps, en una època indefinida.

LLEPÓ: fang verdós amb aspecte d'alga que es forma allà on l'aigua s'estanca.

LLOAR: honrar, donar gràcies a Déu.

MALFACTOR: criminal.

MEANDRE: volta o gir que fa un riu.

MÉS ROÏN QUE LA TINYA: es diu d'una cosa molt dolenta, en al·lusió a la malaltia de la tinya, que fa caure el pèl.

MOIXAMA: tonyina assecada a l'aire.

NO LLEVAR-SE LA PASTA DELS DITS: no saber fer res, no poder enllestir alguna cosa.

NO VALDRE UN ARDIT: tindre poc de valor, en referència a l'*ardit*, una moneda en ús entre els segles XVI i XVII.

PLANY: plor, lament.

PLASTRÓ: peça d'una armadura que protegeix el pit d'un cavaller o d'un cavall.

RONYÓS: brut, mal vestit.

SER DE LA PELL DE BANYETA: ser molt roïn, en referència al diable, anomenat *Banyeta* de manera popular i irònica.

SOLC: forat recte i poc profund que fa l'arada.

TERRISSA: conjunt d'objectes domèstics fets de terra cuita.

TITOT: ocell d'origen americà, una miqueta més gran que una gallina, caracteritzat pel color roig de la cresta que li penja pel bec i el coll. Té el plomatge negre amb taques blanques a les ales i la cua.

TRAGINER: persona que transporta mercaderies.

TRESPOL: coberta, sostre.

VIURE AMB L'AI AL COR: estar sempre patint per alguna cosa.

VIURE DE BALDRAGA: viure gràcies al que fan unes altres persones.

llegirenvalencià
llegendes valencianes

Col·laboren:

**Amb el suport de:** *Levante-EMV*; Canal 9; Direcció General del Llibre i Biblioteques; Conselleria de Solidaritat i Ciutadania; Universitat de València, Universitat Jaume I, Universitat d'Alacant, Universitat Politècnica de València, UNED, Universitat Miguel Hernández d'Elx, Institut Interuniversitari de Filologia Valenciana; Federació de Municipis i Províncies, Mancomunitat de la Ribera Baixa, Mancomunitat de la Ribera Alta, Mancomunitat de la Vall d'Albaida, Mancomunitat de la Safor; PP, PSPV-PSOE, EUPV, BLOC, Iniciativa, Els Verds, ERPV; CIERVAL, Confederació Empresarial Valenciana, Federació Empresarial d'Hostaleria de la CV; UGT-PV, CCOO-PV, STEPV; Col·legi Oficial de Bibliotecaris i Documentalistes; Gremi d'Editors PV, Gremi de Llibrers de Castelló i Alacant; Associació Professional d'Il·lustradors de València; Albena Teatre; Conta Conta Produccions; Federació de Societats Musicals; Federació de Jocs i Esports Tradicionals; Centre Excursionista de València; Nova Muixeranga; Reial Societat Econòmica d'Amics del País; Unió de Llauradors i Ramaders; Unió de Periodistes Valencians, i Associació d'Actors i Actrius Valencians.

Col·lecció dirigida per Josep Antoni Fluixà
**www.llegirenvalencia.org**

La Xarxa de Lectura Pública Valenciana col·labora en la difusió de la campanya.


Tintorers, 10 - 46600 Alzira
www.fundaciobromera.org
Coordinació: Beatriu Tortosa i Rosa Mengual
Disseny de la col·lecció: Carles Barrios
Dibuix coberta: Francesc Santana
Impressió: Liberdúplex

1a edició: juny, 2011
Depòsit legal: B-22436-2011
ISBN: 978-84-96674-78-3